류태환 셰프와 일주일을

- 노르웨이 맛보기

류태환 셰프와 일주일을
- 노르웨이 맛보기

ⓒ **류태환 2019**

초판 1쇄 발행 2019년 3월 7일

글 사진 류태환

펴낸곳 도서출판 가쎄 [제 302-2005-00062호]
주소 서울 용산구 이촌로 224, 609
전화 070. 7553. 1783 / 팩스 02. 749. 6911
ISBN 978-89-93489-82-8

값 12,800원

홈페이지 www.gasse.co.kr
이메일 berlin@gasse.co.kr

류태환 셰프와 일주일을

- 노르웨이 맛보기

1day

2day

3day

4day

5day

6day

7day

류태환 셰프와 일주일을
- 노르웨이 맛보기

작가의 말

바쁜 일상을 살다 보면 중요한 것들을 놓치고 살기 일쑤다. 일을 생활의 우선순위로 여기며 살아가는 사람들은 식사, 수면, 취미를 생략하거나 혹은 줄여가며 자기 앞에 주어진 일의 완수에만 매달리며 그 안에서 성취감을 얻는다.

결국 삶의 일부를 희생한 만큼 반대급부로 소기의 목적을 이루게 되겠지만, 그 과정에서 적지 않은 에너지를 소모하게 된다. 성취를 위해 어쩔 수 없이 생겨난 결핍은 그 사람만의 독특한 아우라를 형성하게 해준다. 이러한 성취와 결핍의 상호 작용을 거치며 그 사람만의 고유한 스타일이 생겨난다. 스타일은 요리를 주관하는 셰프에게 있어 가장 중요하게 여겨지는 조건 중 하나이다.

잃어버린 것들을 찾아 떠나는 시간은 즐겁기도 하지만 한편으로는 고통스러운 일이기도 하다. 과거의 상처를 다시 들추는 경우가 많기 때문이다. 그럴 때마다 여행은 내게 치유의 시간을 제공해 주었다.

20대를 온전히 해외에서 '요리 수행'을 하며 보냈다. 여행이라고 생각해도 무방하겠지만 굳이 수행이라고 표현한 것은 그만큼 힘든 시기였기 때문이다. 요리사로서의 자질을 갖추기 위해 자의 반 타의 반으로 시작된 생활이었기에 낭만보다는 힘겨운 시간의 연속이었다. 하지만 바쁜 시간 속에서도 나름대로 의미를 찾으려 노력했던 시절이기도 하다. 물론, 그때를 돌이켜보면 어느덧 고통마저도 그리움이 되어 나의 마음을 초심으로 이끌곤 한다.

노르웨이와 인연을 맺은 지 7년이 지났다. 좋은 사람들과의 만남을 통해 아름다운 환경 속에서 그들의 가르침을 가슴에 새길 수 있었다. 노르웨이를 제2의 고향으로 인식하게 된 것도 그러한 영향 때문일 것이다.

어릴 때부터 어머니는 '사람은 환경의 지배를 받는다'는 말씀을 내게 들려주시곤 했다. 지금도 나는 나를 둘러싼 환경 및 사람들과 영향을 주고받으며 살아가고 있다. 나를 만든 환경과 주변 사람들의 호의에 이제는 내가 만든 요리를 건네고 싶다. 주고받으며 살아가는 게 삶이라지만, 요리는 받을 때보다 누군가에게 줄 때 더 기쁜 마음이 드는 것 같다. 요리에 담긴 내 마음까지 전달되는 것이기에 더없이 좋다.

그러한 마음을 담아, 이 책에서는 노르웨이라는 공간과 사람들의 관계를 요리하듯 풀어볼 생각이다. 셰프답게 맛의 관점에서 멋을 얘기하고 싶다.

첫 번째 맛보기:
내 인생의 애피타이저

분 단위로 밀려오는 압박감을 억누르고, 멀티태스킹 모드로 전환하며 경동시장으로 향한다. 월말 결산, 행사 준비 등 긴 여행을 앞두고 있기에 당연히 일 처리가 많을 수밖에 없다. 6월 중순, 시장엔 여름 초입을 알리는 식재료들이 즐비하다. 분주하게 움직이는 사람들 속을 빽빽하게 적힌 구매 리스트를 확인하며 식재료를 사러 간다.

각 지점 매니저들과 함께해야 할 일을 얘기하며 걷다가 가끔 걸려오는 주방 팀의 추가 구매 전화 때문에 숨이 막히기도 하지만, 시장에서는 다 괜찮다. 삶이 지루하게 느껴질 때 시장에 가 보라는 얘기는 정말 진리다. 채소가게 아주머니와 인사를 나눈다. 그러나 무엇보다도 청과물 시장에서 볼 수 있는 반가운 여름철 요리 재료들은 나를 설레게 한다. 제철에 나는 재료와 올바른 먹거리가 최고의 요리가 된다는 믿음이 내게는 있다.

다음 날이 출국 날인지라 최대한 꼼꼼하게 식재료를 챙긴다. 돌아오는 길에 매니저들과 앞으로 일주일 동안 생기게 될 나의 공백에 관해 얘기를 나눴다. 내가 없더라도 정성이야 변함없겠지만, 솔직히 요리의 맛은 조금 다를 것이다. 이것은 단지 레시피에 관한 문제만은 아니다. 오너 셰프가 자리를 비우면 요리도 무언가 빠진 듯한 느낌이 든다고 말하면 지나친 비약일까.

1년 만에 떠나는 노르웨이 여행이었다. 기대 반 걱정 반이었지만 틀에 박힌 바쁜 일상을 벗어날 수 있다는 것만으로도 기뻤다. 물론, 일을 위한 여행이기 때문에 애초의 목적을 잊지는 않을 것이다.

노르웨이 수산물 위원회(NSC: Norwegian Seafood Council)는 노르웨이 청정지역에서 잡히거나 양식된 우수한 식재료들을 홍보하는 기관이다. 나는 벌써 7년째 이 기관의 자문위원으로 일하고 있다. 이번 여행은 다른 때보다도 설렘으로 가득하다. 북극과 가까운 노르웨이 최북단 지역인 핀마르크(Finnmark)에 가서 킹크랩을 만나야 하기 때문이다.

무엇보다도 이번 노르웨이 여행이 어느 때보다 바빴던 2018년 전반기를 마무리하는 의미가 있기에 오히려 마음이 한결 가벼워졌다. 다시 돌아왔을 때 그동안 쌓인 일들을 정신없이 처리해야 하겠지만, 일단은 오늘을 즐기기로 한다. 내일은 내일의 태양이 떠오를 테니까.

그럼에도 불구하고 여전히 불안한 마음이 스멀스멀 피어오른다. 내가 자리를 비웠을 때 무슨 일이 일어나지는 않을까, 하는 미덥지 못한 마음을 어쩌지 못해 세 곳의 지점을 돌며 쉴 새 없이 체크하고 미팅 한다.

'내가 없을 때 완벽히 더 잘해라!'

가장 건네기 어려운, 어처구니없는 말을 던지고 숨 막히는 서울의 일정을 끝냈다.

노르웨이의 여름은 6월부터 날씨가 가장 좋다는 얘기를 들었지만 이번에 먼저 들러야 할 핀마르크와 트롬쇠는 북쪽 지역이기 때문에 긴 옷을 챙겨야 했다. 중요한 건 5시간 시차를 감안한 업무 보고와 일 처리에 관한 문제였다. 가장 신경 쓰이는 일이기도 했지만 내가 할 수 있는 건 꼼꼼하게 준비하는 것 외엔 달리 방법이 없다는 것도 잘 알고 있다.

일, 일, 일! 누구나 다를 바 없겠지만 나에겐 정말 무거운 짐처럼 느껴질 때가 있다. 더군다나 일상생활과 일이 분리되지 못한 라이프 스타일은 자유롭지도 아름답지도 못하다. 하지만 일을 떠나서는 나를 생각할 수도 없으니, 즐기기로 한다. 다행히 이번 비행은 암스테르담을 경유하지 않고 핀란드 헬싱키 반타공항으로 간 다음 노르웨이 오슬로에 도착해

다시 트롬쇠 공항으로 가는 비행 일정이다. 약간은 수월할 것이다. 역시 나는 작은 일에서 큰 위안을 받는다.

헬싱키행 비행기의 이륙 시간이 좀 이르다. 늦으면 안 된다는 불안감 속에 결국 한숨도 못 자고 인천공항 가는 택시를 부른다.

비행기 속 좁은 공간은 언제나 나를 얼마간 공황상태로 만든다. 이럴 땐 자는 것 외에 달리 방법이 없다. 수면제를 먹은 듯 비행시간의 절반을 잠으로 보냈다. 기내식은 물론 물 한 모금도 마시지 않았다.

깊은 잠에서 깨어 영화를 본다. 복서인 아들이 챔피언인 아버지의 그늘에서 벗어나는 과정을 그린 영화였다. 한순간 돌아가신 아버지가 생각나서 한참 동안 눈물을 흘리며 가슴을 때리는 슬픈 대사를 곱씹는다. 영화 속 아버지는 죽었고, 나의 아버지도 7년 전 내 곁을 떠났다.

아버지는 내 인생에 있어 가장 큰 영향을 주신 분이다. 내게 요리사라는 직업을 권유하셨고, 나는 아버지 뜻대로 셰프가 될 수 있었다. 항상 '아버지가 지금 살아계셨더라면' 하는 생각을 한다. 아버지가 언제나 하늘 높은 곳에서 나와 내 가족을 지켜주신다고 믿는다. 2013년 아버지 장례를 치르고 몇 달 뒤 생전 처음으로 노르웨이와 만났다. 그때 트롬쇠라는, 한 번도 들어본 적 없는 생경한 오지에 갔었다. 개 썰매를 타고 흰 눈으로 뒤덮인 설원을 하염없이 달렸다. 열 마리의 개가 이끄는 썰매를 타고 질주하던 툰드라의 설원이 마치 돌아가신 아버지를 만나러 가는 길처럼 느껴지기도 했다. 5년이 지난 지금 다시 그때 아버지를 만났던 곳으로 가고 있다. 아버지 생각에 또다시 눈물이 흐른다.

아버지가 돌아가신 후, 집안을 지켜야 한다는 책임감 때문인지 더욱더 일에 대한 부담감이 커졌지만 나는 무너지지 않았다. 강인한 체력과 정신력이 나의 스승이자 무기였다. 오히려 힘들수록 삶의 목표가 뚜렷해졌다. 아버지가 보여 주시고자 했던 길이 그제야 보이기 시작한 것이다. 비우면서 다시 채워지는 것, 그러한 일의 반복이 삶이다. 바쁜 일상에서는 보이지 않던 것이 여행 중에 문득 생각 나고 나타날 때가 있다. 아마 이번 여행도 예외는 아닐 것이란 걸 예감한다.

두서없이 써 내려가는 글처럼, 나의 머릿속은 항상 시장통에 서 있는 것처럼 북적거린다. 원하는 요리를 만들기 위해 좋은 식재료를 골라야 하므로 나는 언제나 나만의 시장 보기에 집중한다. 시장 보기에서부터 요리는 시작된다. 한국이든 노르웨이든 요리의 가장 중요한 재료 중 하나가 사람 사는 냄새이기에 나는 사람들 속에서 장보기를 멈추지 않는다.

아버지를 위한 레시피

카나페 Canape

노르웨이 연어, 연어 알, 참기름 초밥
Norwegian Salmon, Salmon Roe, Sesame Rice Oyako Style

오야꼬[おやこ(親子)]라는 일본말이 있다. 부모와 자식을 지칭할 때, 또는 근원이 되는 것과 그 것에서 갈라져 나온 것을 비유할 때 쓴다. 음식에서도 이 말이 쓰이는데, 닭과 달걀, 연어와 연어 알을 사용한 요리에 오야꼬[오야꼬 돈부리(親子どんぶり)의 줄임말로 돈부리(どんぶり) 는 덮밥을 의미]라는 말을 갖다 붙인다.

1. 노르웨이 연어에 소금을 엷게 뿌려 1시간 정도 수분을 뺀 후 차가운 얼음물에 담근 뒤 물기를 닦아준다.

2. 진간장과 미림을 1:1의 비율로 섞어 만든 간장에 연어 알을 담가 맛이 배게 한다.

3. 맛과 향이 좋은 조선 향미 쌀로 고슬고슬하게 밥을 짓는다. 그리고 여름에 담가 놓은 새콤달 콤한 황매실청과 저온 착유한 참기름, 통깨, 김자반 등을 다진 표고버섯조림과 함께 섞어 참기 름 초밥을 만든다.

4. 무안에서 재배한 달콤한 햇양파를 한 꺼풀씩 벗겨낸 뒤 스팀을 이용해 익을 때까지 쪄낸다.

5. 작은 양파를 그릇처럼 이용하여 그 안에 참기름 초밥, 연어, 연어 알 순으로 담아낸다.

6. 간을 맞추기 위해 간장 약간과 레몬즙을 뿌린 뒤 깻잎으로 장식한다. 고소한 조선 향미의 맛 과 새콤달콤한 매실의 맛과 향이 기름진 연어와 균형을 이룬다. 입안에서 톡톡 터지는 연어 알 의 식감이야말로 연어와 연어 알을 이용한 오야꼬 요리의 하이라이트가 되겠다.

두 번째 맛보기:

노르웨이식 요리의 발견

헬싱키에서 오슬로를 거쳐 밤중에 트롬쇠 공항에 도착했다. 6월 말이었지만 꽤 쌀쌀했고 한밤중에 태양이 지지 않는 것도 재미있었다. 5월 말부터 2달 동안 백야가 이어진다고 했다. 이곳은 노르웨이 북부지역의 중심 도시이자 노르웨이에서 7번째로 큰 도시로 인구는 7만 명 정도라고 한다. 오로라를 볼 수 있는 가장 유명한 도시라고는 하지만, 나는 이곳을 세 번 방문하는 동안 단 한 번도 오로라를 본 적이 없다. 하지만 언젠가는 오로라를 만날 수 있을 것이라는 믿음이 있다.

지금 펼치고 있는 일들을 바탕으로 나도 살아가는 동안 오로라처럼

빛나는 결과를 만들어 내고 싶다. 그런 생각이 크지만 세상에 거저 얻어지는 성공이 없다는 것도 잘 알고 있다. 노력 없이 이루어진 것들은 사상누각처럼 쉽게 무너져 내릴 것이기에 솔직히 나는 오로라를 손에 쥐고 싶은 생각은 없다.

전에 왔던 곳을 떠올리며 항구로 난 길을 걸어간다. 헨릭 앤더슨은 항구 앞 술집에 취해 앉아있는 내 슬픈 영혼을 새벽까지 따듯하게 감싸며 위로해 주었다. 헨릭 앤더슨, 그는 덴마크 태생의 전 노르웨이 수산물위원회 마케팅 디렉터였다. 그는 내 인생의 멘토이다. 멋지게 말하는 법과 미식에 관한 이야기, 와인과 시가 등 젠틀맨 라이프를 내게 알려준 사람이다. 워커홀릭인 헨릭은 만나서 하루 종일 얘기하고 들어주고 새벽까지 술을 마시고도 다음 날 아침 일찍 10Km 조깅을 하는 철저한 프로페서널이자 낭만주의자이다.

노르웨이는 나에게 제2의 조국이다. 헨릭이 항상 내게 '괜찮아, 괜찮아~ 너는 최고니까 좋아질 거야'라고 말해 주듯이 트롬쇠는 내게 자신감을 넣어주고 다짐을 상기시켜주는 곳이다.
어디든 다시 돌아가고 싶은 곳이 있다면, 그곳이 고향이다.

도착하자마자 짧게나마 주변을 둘러본 뒤 새벽을 인지하고 머릿속으로 시차 적응에 관한 시간을 계산하다 잠이 든다. 다음 날 아침, 빠른 걸음과 달리기를 반복하며 선착장 주변을 관찰한다. 올 때마다 느끼는 거지만 작고 소박한 마을이다. 그래서 좋아하는 것인지 모르겠다. 이곳에는 생선 뼛속에서나 나올법한 깊은 짠 내가 있고, 대도시에 만연한 번잡스러움이 없다. 복잡하거나 바쁘지 않다. 그렇기에 당장 무엇을 해야 한다는 강박이 없어 좋다.

천천히 쉬었다 가자. 바다 너머 보이는 케이블카는 산을 오르내린다. 저 높은 산속에 애니메이션 페어리 테일에 나오는 곤충 모양의 날개를 한 요정이 살고 있을지도 모르겠다는 생각이 들었다. 산에 오르거나 생선 잡는 일을 취미로 가진 노르웨이 청년들이 많다고 한다. 마치 일본 젊은 이들이 봄철 하나미(花見, はなみ) 시즌 때 기모노와 유카타를 입고 벚나무 아래로 모여드는 모습을 연상시킨다.

고루한 일상은 때론 기발한 상상력을 터트려주기도 하고 새로운 것을 떠올릴 수 있게 만들어 주기도 한다. 빠듯한 일정이지만 한국에 돌아가면 해야 할 새로운 일들이 머릿속에 마구 떠오르는 순간이 찾아오기도 했다.

호텔로 돌아와 먹는 조식은 5년 동안 변한 게 없지만, 여전히 맛있다.

청어, 고등어, 연어, 토마토, 머스터드, 식초 절임 그리고 여러 가지 곡물이 들어가 있는 빵, 베리 류, 노르웨이 샤퀴테리, 브라운 버터. 음식만 봐도 노르웨이 사람들이 해산물을 얼마나 많이 먹는지 알 수 있다.

건강은 먼 데 있지 않다. 주변에서 쉽게 구할 수 있는 식재료 속에 맛과 건강이 담겨 있다. 노르웨이 사람들에게만 적용되는 법칙은 아닐 것이다. 트롬쇠는 백 년 전부터 청어잡이의 근거지였다. 차갑고 깊은 바다에서 잡히는 등푸른생선의 기름은 얼마나 고소할까? 청어는 내가 개인적으로 선호하는 식재료이기도 하다. 무엇보다 자연에서 건져 올린 건강함, 이것이 내가 매년 류니끄 메뉴에 청어 요리를 내놓는 이유다.

내가 노르웨이에 갈 때마다 어머니는 전화를 하신다. 잘 다녀오라는 얘기는 본론을 꺼내기 위한 거고, 무조건 오메가3를 사 와야 한다고 말씀하신다. 청어, 고등어 등 등푸른생선에는 알려진 바와 같이 오메가3(EPA, DHA)가 많다. 오메가3는 혈중 중성지방과 콜레스테롤 수치를 낮춰줘 심장 질환 예방에 좋다고 알려져 있다. 특히 오메가3는 체내에서 생성되지 않아 반드시 음식으로 섭취해야 한다. 이러한 이유로 등푸른생선을 우리가 필수적으로 먹어주어야 하는 것이다.

트롬쇠에서의 일정은 1박 2일밖에 되지 않았지만 어느 곳보다도 맛있는

음식의 추억을 남길 수 있었다. 셰프 군나르 얀센이 운영하는 레스토랑에서 먹은 오동통한 킹크랩 샐러드와 초록색 채소들의 조화가 좋았다. 주먹만 한 두께의 광어구이는 너무 촉촉해서 입에서 녹는 것 같았고, 노르웨이산 스캘럽(조개 관자)의 달달함은 지금까지 맛본 스캘럽 요리 중 단연 최고의 맛이었다. 가니쉬로 나온 태운 양배추만 해도 노르웨이의 추운 겨울을 견딘 듯한 풍미를 지니고 있었다. 버터 소스와 함께 생선 알을 소스로 활용하였는데 북유럽 사람들의 식성을 그대로 보여 주는 듯했다.

매번 느끼는 것이지만, 음식은 그 지역의 특성을 보여준다. 하지만 재료의 산지가 아닌 다른 곳에서도 요리를 통해 식재료 원산지 본연의 풍미를 느끼게 하는 것, 그것이 셰프의 중요한 능력이 아닐까. 물론, 류니끄 식탁에서 노르웨이산 연어와 청어 요리를 먹으며 북해의 차가움과 청정함, 노르웨이 사람들을 떠올리는 일은 언제라도 가능하다.

청어를 요리하는 세 가지 방법

스모킹, 회, 시트러스 절임
3 ways of Herring-Smoking, Raw Fish, Citrus Cured

등푸른생선인 청어는 저렴하고 기름기도 굉장히 고소해서 내가 좋아하는 식재료 중 하나이며 사용도 역시 높다. 다만, 잔가시가 너무 많은 게 흠인데 이를 꺼리는 사람들도 있다.

청어의 맛을 극대화시킬 수 있는 몇 가지 방법을 적어본다.

신선한 청어의 비늘을 칼로 완벽하게 제거하고 대가리와 내장을 꺼내 물기를 제거한다. 소금을 뿌려 자칫 느끼할 수 있는 청어의 기름기를 뺀다. 소금을 옅게 뿌리고 1시간 정도 냉장고에 두면 수분과 기름이 빠짐과 동시에 살이 탱글탱글해지고 빛깔도 좋아진다. 먹기 좋게 세 장 뜨기를 하고 갈비뼈를 제거하면 밑 준비가 끝난다.

Smoking

짚불에 불을 붙이고 뚜껑을 닫아 3시간 이상 천천히 두어 청어에 건초 향이 배게 한다. 홀 토마토와 토마토 페이스트를 1:1로 섞고 약간의 꿀과 겨자로 맛을 내준다. 소금 간, 타임(Thyme: 향신료), 월계수 잎으로 향을 가미한 뒤 믹서에 곱게 갈아 뭉근히 졸인 뒤 체에 걸러 식힌다. 훈제된 청어를 소스에 담가 보존한다.

Raw Fish

청어를 손질할 때 갈비뼈와 뱃살을 제거하는데 이것을 버리지 않고 포도씨유와 함께 은근한 불로 가열해 기름을 추출한다. 약간의 향을 위해 마늘을 손바닥으로 쳐서 으깨고 타임과 로즈메리를 넣는다. 이 기름을 체에 걸러내어 식힌 뒤 얇게 떠낸 청어 회 위에 붓으로 발라주어 풍미를 더한다. 그 뒤 태안의 자염같이 감칠맛 가득한 소금을 약간 뿌려 고소함 가득한 회 요리를 만든다.

Citrus Cured

잘 익은 오렌지 껍질과 즙을 식초와 함께 섞은 뒤 청어를 담가 익힌다. 오렌지 드레싱에 버무린 펜넬(회향)과 함께 샐러드를 곁들인다.

세 번째 맛보기:

호닝스버그에서 저녁을

가끔 수산시장에 갈 때마다 즐기던 일 중 하나가 노르웨이산 킹크랩을 찾는 것이었다. 알다시피 러시아산이 많지만 가끔 살아있는 노르웨이산 대게를 확인했을 때의 알 수 없는 기쁨을 기억한다.

킹크랩의 고장인 핀마르크주 호닝스버그에 힘들게 도착했다. 항구 도시 호닝스버그는 북극에 가까운 곳이고 러시아와도 국경을 맞대고 있는 지역이었다. 영화에서나 나올법한, 비탈길 언덕 위에 붙어있는 집들과 바렌츠해의 차가운 바닷바람은 서울에서부터 달고 온 내 몸의 찌든 피로를 날려 버리기에 충분했다.

편의점은 2Km 떨어진 곳에 있었다. 대신 대형마트에 들렀다. 마트에서 노르웨이의 식재료와 계절감을 느낄 수 있었다. 부드러운 질감의 딸기와 섬세한 느낌을 주는 산딸기를 만났다. 우리나라 딸기들에 비해 밀도가 단단했다. 산소를 머금은 듯한 물도 인상적이었고 로컬 맥주와 샤퀴테리, 유제품들도 다 좋았다.

한국은 언제 어디서든 24시간 동안 필요한 것을 충족할 수 있는 바쁘지만 편리한 소비 시스템이 갖춰진 나라이고 나 또한 그 속에서 편리함에 익숙해져 있었다. 그 편리함이란 게 자기 생산성을 높이는 데 도움이 될 때가 있다. 에너지와 열정을 쏟으며 열심히 일하며 살아간다는 건 좋은 일이다.

서울과 너무나도 다른 곳이기에 잠시나마 역발상의 시간을 가질 수 있었다. '쿼터제'를 통한 자기절제에 대해서도 생각해 보았다. 사회를 움직이는 시스템을 바꾸어 놓기는 힘들겠지만, 작지만 나부터 실천하면 세상은 바뀔 수도 있다는 생각이 들었다. 바닷속 자원을 쿼터에 의해 어획량과 노동량, 시간을 조절하여 그것을 다시 복지증진과 자원보존에 되돌린다면 생태계 유지는 물론 균형 잡힌 생활도 누릴 수 있을 것이다. 현실과 이상에서 느끼는 괴리감은 항상 실망으로 다가왔는데 이번에는 스스로 충분히 이해가 되었다.

꼬르륵~ 배가 고파오기 시작한다. 오늘 저녁은 킹크랩의 고장에 왔으니 킹크랩을 먹어봐야지, 내심 작정하고 있었는데 어느 평범한 노르웨이 가정의 저녁 식사에 초대되었다.

셰프 군나르 얀센이 만들어주는 킹크랩 코스 요리를 먹게 되었다. 나 또한 명색이 셰프인데 가만히 있을 수는 없다. 얀센 곁에서 요리를 거들면서 함께 즐긴다. 팔뚝보다 커다란 킹크랩의 껍질과 살을 분리시킨다. 껍질은 토마토, 채소와 함께 은근히 끓여 비스큐 수프를 만든다. 게살은 샐러드와 구이용으로 사용하고, 다시 두툼한 살을 풍미 좋은 노르웨이 로컬 버터를 듬뿍 넣은 전기 인덕션 팬 위에서 지글지글 끓여 황갈색으로 구워냈다.

계란 노른자와 분리시킨 버터를 낮은 온도에서 천천히 쳐대며 샬롯 식초를 넣고 부드럽고 농후한 맛의 홀랜다이즈 소스도 만들었다. 초록색의 차이브 오일과 딜을 듬뿍 넣고 소스를 완성하였다. 차려 놓고 보니 킹크랩과 환상의 콤비네이션을 이루고 있었다.

요리는 식탁 위에서 마무리된다. '생명의 물'이라는 뜻을 지닌 아쿠아비트라는 이름의 전통주를 마신다. 추운 지방이니 알코올 도수가 40° 정도는 되어야 하겠지. 보드카만큼 독하고 매운 술이 노르웨이에도 있다는

사실을 알게 되었다. 구수하고 감칠맛 나는 게살의 식감을 입으로 느끼며 킹크랩 비스퀴로 속을 달랜다. 킹크랩으로 춥고 허기진 몸을 감쌀 수 있었던 하루였다.

네 번째 맛보기:

노르웨이안 푸드 스타일

어젯밤의 취기로 무거워진 몸을 가볍게 만들기 위해 언덕길을 뛰었다. 뛰면서 주변을 살피자니 다시 활기찬 에너지가 만들어진다. 바닷가 특유의 짠 내와 찬 공기를 마시며 언덕 너머 산에 올라간다. 알 수 없는 초록색 풀과 나무가 나를 호기심의 세계로 이끈다.

포도주, 커피 등이 만들어지는 자연환경 또는 자연환경으로 인한 포도주의 독특한 향미를 지칭하는 '떼루아'를 떠올린다. 특정 지역의 식재료는 자연환경의 영향을 받는다. 기후와 토질이 맞지 않는다면 생물은 생존할 수가 없다. 지금 여기에 있는 생물들은 이곳 환경에 적응한 것만 살고 있는 것이다. 추운 지방에 사는 사람과 따뜻한 곳에 사는 사람의 체형과 성향이 다르듯 인간은 환경에 영향을 받을 수밖에 없다는 생각이 들었다.

추운 날씨에서 살아가는 동물들은 지방을 많이 가지고 있으며 식물들 또한 향이 깊다. 깊은 향과 좋은 맛을 가지려면 천천히 오래 자라야 한다. 사람과 마찬가지로 식재료 또한 천천히 오래 성장해야 비싸고 가치가 있는 법이다.

산에서 내려올 때는 마음이 편안하다. 이미 걸어갔던 길이고 그 끝을 알기 때문이다. 삶을 생각한다. 인생도 산과 같아서 오르막이 있으면 언젠가는 내리막길을 걸어야 한다. 머지않아 아버지 나이로 접어들 텐데, 잘 내려가는 모습을 상상해 본다.

언젠가는 고향 부산에 내려가 다음 세대 셰프들과 어울리며 지역 주민과 소통할 수 있는 사회적 기업을 만들고 싶다. 부산에서 생산하고 소비시킬 수 있는 자급자족 시스템을 만들어 젊은 사람과 나이 든 사람을 융화시킬 수 있는 공간을 만들고 싶다. 잘 내려갈 수 있다면 혜안도 생길 것이다. 올라갈 때 보이지 않던 것들을 볼 수 있는 지혜의 눈이 생길 것이다.

점심때 호닝스버그 시내에 들러 클라우드 베리로 만든 맥주를 맛보았다. 극지에서 주로 자라는 클라우드 베리는 황금색의 라즈베리처럼 생겼는데, 귀한 탓에 아들에게도 자라는 곳을 알려주지 않는다는 이곳 속담이 있다. 귀한 재료일수록 구하기 힘들기 때문에 비쌀 수밖에 없다. 그렇다고 딱히 맛이 있는 것도 아니지만 희귀성 때문에 비싸게 값을 매길 수밖에 없다. 우리나라에서는 볼 수 없기 때문에 한 번쯤 먹어보는 것도 나쁘진 않다.

북유럽, 특히 노르웨이의 요리는 굉장히 짠 편이다. 4년 전 트롬쇠에서 먹었던 토마토 수프는 혀가 얼얼할 정도로 짜게 느껴졌던 기억이 있다. 대구와 명태는 북유럽 사람들이 즐겨 먹는 생선이다. 우리나라로 치면 황태덕장이 이곳에도 있고 굉장히 많은 대구를 잡아 말린다. 대구 혓바닥으로 만든 수프는 베샤멜 소스를 바탕으로 흰색의 걸쭉한 질감이 특징인데 버터와 밀가루, 우유, 채소, 조개 등이 들어있다. 대구 살과 혓바닥의 꼬들꼬들한 맛도 일품이다. 노르웨이의 버터와 우유는 한국보다 훨씬 깊은 맛과 향을 내는데 우리나라에서도 이 정도 수준의 유제품을 생산해 낼 수 있다면 요리의 퀄리티가 훨씬 더 좋아질 거라 확신한다.

부둣가를 걸어 다니며 더부룩한 배를 가라앉힌다. 이렇게 아름답고 깨끗한 곳에 사는 사람들은 얼마나 좋을까? 환경은 사람을 지배하고,

사람들은 환경의 영향을 받으며 살고 있다. 홍콩을 여행할 때와 사뭇 다른 느낌이다. 홍콩에서 마주했던 복잡한 빌딩 숲과 호닝스버그의 맑고 깊은 바다의 아름다운 풍경이 대비된다.

호닝스버그에서는 누구나 느긋해지는 나를 발견할 수 있다.

이곳 호닝스버그는 킹크랩이 가장 많이 잡히는 곳이라서 직접 배를 타고 나가서 물에 들어가 보기로 했다. 드라이 슈트로 갈아입고 해병대에서 볼법한 고무보트에 올라 30분을 달려 그곳에 도착했다. 진한 남색의 바다와 출렁이는 파도 속에 몸을 던져 들어가는데 정말 차가웠다. 10℃ 정도의 여름 바다 온도를 체감했다. 양질의 해산물이 살 수 있는 환경은 낮은 온도와 높은 염도 깊은 바다라고 한다. 바닷속에는 수많은 보물들이 살고 있고 어류, 갑각류, 패류, 해조류 등 셰프로서 좋은 요리를 만들 수 있는 필수 아이템이다. 육 고기는 등급과 부위에 따라 단순히 퀄리티를 정할 수 있는 반면 바다의 보물들은 종류와 철에 따라 다양성과 깊이를 보여준다. 눈에 보이지 않는 바닷속이 그래서 더 소중하게 느껴지고 좋은가 보다. 만선의 기쁨을 느끼며 7kg 이상의 킹크랩을 가지고 육지로 가는 길은 아름답다. 오르고 내리는 산처럼 왔다가 돌아가는 길은 반복이지만 수확의 기쁨이 있어서 좋았고 맛있는 요리를 해야 한다는 다음 단계의 희망이 가까이 있어서 행복했다. 5m가량의 높은 텐트

는 나무 여러 개를 모아서 엮어 꼭대기가 뚫린 원뿔의 형태로 만들어져 있었다. 나무로 만든 긴 의자와 무스라, 노르웨이 순록의 껍질을 벗겨 만든 담요는 따뜻한 느낌을 주었고 정 중앙에는 화덕을 만들어 편백나무를 땔감으로 사용했다. 킹크랩을 손질하고 바닷물을 그대로 사용하여 땔감 위에 올려 30분 정도 팔팔 끓인 뒤 얼음물에 담가 살을 발라 먹는다. 호밀빵과 버터, 마요네즈를 곁들였고 불 주위를 빙 둘러앉아 매캐한 연기와 함께 시간은 저물어갔다. 영락없는 노마드의 모습이다.

간단 킹크랩 요리 노르웨이 스타일

*Norwegian King Crab Salad 'Norwegian Style'

킹크랩을 잡아 요리를 하면서 간결한 요리법에 대해 생각한다. 캠핑 요리같이 모든 것이 제대로 갖추어지지 않은 상태에서 요리를 해야 하는 경우가 많다. 이럴 땐 주재료만 가지고 최대한 간결하게 핵심만 보여주는 요리가 필요하다. 물론, 주재료의 맛을 살려야 하는 것은 기본이다.

1. 먼저 2%의 소금물을 준비한 뒤 물을 끓인다. 대게는 몸통과 다리를 분리시킨다. 다리는 끓는 물에 20분 이상 익힌 후 얼음물에 담가 놓고, 몸통은 입이 위로 가게 한 뒤 스팀으로 익혀준다. 이때 몸통 속의 즙이 빠지지 않게 조심해야 한다.

2. 유정란 2개를 준비한다. 노른자만 분리시킨 후 식용유를 사용해 유화시킨다. 노른자와 식용유가 잘 엉겨 붙으면 다진 샬롯과 허브를 넣고 매실 식초와 소금을 첨가해 간을 맞춘다. 마요네즈 소스가 만들어졌으면 게딱지에 있는 국물과 내장을 잘 긁어모아 칼로 잘 다진 뒤 마요네즈와 1:1로 섞는다.

3. 킹크랩 다리 살을 꺼내어 겉에 레몬즙을 잘 발라준다. 마요네즈 소스를 접시에 펴 바르고 연어 알을 듬뿍 올린다. 그 위에 게 다리를 올리고 잘게 채 썬 우엉을 내장 소스에 무쳐 게 다리 위에 얹고 마지막으로 깨를 뿌려 완성한다.

다섯 번째 맛보기:
무채색 항구 도시 올레순

2017년 8월은 특별했다. 호닝스버그를 떠나 역시 항구 도시인 올레순에 일주일 동안 머물렀는데 지독하리만큼 지겨우면서도 뜻깊은 날들이었다. 올레순은 소규모의 작은 도시이지만 고등어가 많이 잡히고 아름다운 피오르드가 있는 곳이다.

선명하고 진한 타이거 무늬와 기름이 진하게 배어있는 고등어를 100여 마리쯤 손질한 듯하다. 손에서 비린내가 진동한다. 아무리 좋은 식재료라도 지나치게 과하면 좋지 않다. 혼자서 이렇게 많은 양의 생선을 손질하기는 처음이다. 250명분 음식을 조리하며 여러 매체 앞에서 쿠킹 데모를

영어로 진행한다는 것은 쉽지 않은 일이다. 한국에서 가져온 김치와 노르웨이 고등어가 만나는 날이다. 한국의 맛과 노르웨이의 맛이 하나가 된다.

8월인데도 날씨가 제법 쌀쌀하다. 악슬라 전망대에 올라 도시와 항구를 내려다본다. 일정이 끝난 늦은 시간 펍에서 마시는 맥주와 음악이 위로가 되지 않을 정도로 지쳤다. 빨리 벗어나고 싶다는 생각만 떠오른다.

요리를 통해 얻는 궁극적인 만족은 내가 만든 요리를 즐기는 이의 기쁨에서 온다. 시간과 공간을 초월해 요리의 만족을 얻어낸다는 것은 내가 완전히 다른 사람이 된다는 것을 말한다. 나는 수천 년 동안 그곳에서 전해지는 재료를 가지고 요리를 할 뿐이다.

아침에 일어나 조깅과 등산으로 피로를 풀었으나 다시 낯선 주방으로 돌아와 식재료를 만지며 피로를 쌓아간다. 아름다운 음식을 만드는 과정은 결코 아름답거나 행복하지 않다. 삶은 아름다움과 타협하지 않는다.

올레순에서 배를 타고 생전 처음 피오르드를 접하던 날, 나는 정말 행복하다고 느꼈다. 피오르드 앞에 서니 그 모습을 사진에 담는 것조차 불가능할 정도로 아름답다. 차마 이 아름다움을 놓칠까 설레는 마음이

폭포처럼 가슴속으로 쏟아져 내린다.

돌산 폭포 위로 드러나는 무지개를 보며 노르웨이 신화 속 요정 트롤을 생각한다. 간간이 보이는 코티지에는 누가 사는지, 음식은 어떻게 조달되는지…… 뜬금없는 생각이 쏟아진다. 역설적으로 여행을 통해 얻는 이 행복한 경험이야말로 힘든 서울 생활이 주는 최고의 선물이다.

올레순에서 1시간 이상을 배를 타고 가면 연어 양식장이 나온다. 끝이 보이지 않는 어두운 바다, 차갑고 염도 높은 바닷속에는 엄청난 크기의 연어들이 양식되고 있다. 노르웨이 어부들은 일주일에 한 번씩 교대로 가두리 양식장을 관리하고 있었다.

이곳의 자연환경은 사람이 살기엔 힘들지만 반대로 바다 생물이 살기에는 최상의 조건처럼 보였다. 추운 날씨는 생선의 지방을 두껍게 만들고 단단한 살을 만든다. 사람들은 극한의 추위를 견디면서 강한 생명력을 지닌 바이킹이 되었을 것이다. 그러한 생활 속에서 자연스레 노르딕의 심플하면서도 자연 친화적인 디자인을 만들었을 것이다.

돌아오는 배 안에서 해산물이 들어간 뜨거운 차우더 수프를 마신다. 노르웨이 버터의 고소함에 해산물이 어우러진 감칠맛이 혀끝을 타고 흐른다.

스산한 추위를 두 그릇의 수프로 달래고 다시 올레순의 작은 항구로 향한다. 비록 오로라는 보지 못했지만 노르웨이 대자연을 만끽했으니 이보다 큰 행운은 없을 것이다. 오로라는 내 마음처럼 늘 그곳에 머물고 있을 것이다.

아침 일찍 일어나 전망대를 오르며 하루 일정을 생각한다. 아무리 맛있는 요리라도 일상식이 되면 곤란하다. 일주일 내내 먹은 해산물 요리는 고역이었다. 기름진 고기와 김치찌개 생각이 간절했다. 꼭대기까지 걸어가는 내내 고기 생각이 떠올랐고, 서울로 돌아간 이후의 스케줄과 일 처리들 생각에 힘이 빠졌다. 정상에서 마을을 내려다보니 우리나라 시골의 소도시보다 더 작은 느낌이다. 멀리 바다에 떠 있는 고등어잡이 배들이 여유로워 보였다.

오늘은 고등어잡이 배를 타고 낚시를 하는 날이다. 낚시로 잡은 고등어를 손질해야 하고 그 모습을 촬영해야 한다. 전망대를 내려오며 기필코 오늘은 고기를 먹고야 말겠다는 결심을 한다. 내가 그토록 육식을 좋아하는지 처음 느끼는 순간이었다.

약간 쌀쌀한 날씨에 작은 보트를 타고 바다 한가운데로 갔다. 젊은 노르웨이 청년이 바닷길을 안내한다. 바다 한가운데 거친 파도에 낚싯대를 던졌고 얼마 지나지 않아 입질이 왔다. 태어나 처음으로 살아있는 노르웨이 고등어를 만나는 순간이었다. 선명하고 진한 타이거 무늬, 깨끗하고 날씬한 자태의 고등어는 희열 그 자체였다. 고등어가 아름답게 느껴졌다. 갓 잡은 고등어를 그 자리에서 회를 떠 맛을 본다. 요리사의 본능적인 욕구였다. 그런 내 모습을 신기하게 바라보는 선장의 눈빛과 고등어의 찰지고 신선한 맛은 지금도 잊을 수 없다.

그날 저녁은 올레순에서 가장 오래된 씨푸드 레스토랑에서 저녁 만찬이 있었다. 첫 코스에 산미가 강한 화이트 와인과 노르웨이산 스캘럽(조개관자)이 나왔다. 두툼한 조개관자에서 느껴지는 단맛과 식감은 단연코 세계 최고라고 여겨질 만했다. 줄줄이 나오는 해산물로 배고픔을 달랠 수는 있었지만 고기를 먹고 싶은 나의 욕구를 해결할 수는 없었다.

메인 디쉬는 주먹만 한 크기의 대구였는데 부드러운 완두콩 퓌레에 진한 레몬크림소스, 그리고 초리조(빨간 파프리카가 들어간 스페인 산 반건조 햄)였다. 지금껏 이렇게 크게 잘린 대구는 처음 본다. 결결이 부서지는 생선살에 육즙이 흥건히 묻어 나왔다. 초리조를 함께 입안에 넣는 순간 진정한 행복을 느낄 수 있었다. 그 얼마나 기다렸던 고기였던가.

같이 있던 다른 사람들도 감격에 겨워 초리조를 음미하고 있었다. 메마른 입술에 립밤을 바른 것처럼 위장이 따듯하게 코팅되는 순간이었다. 우리는 입을 모아 빵과 초리조를 추가하였고, 흡입하듯 그것을 삼키기 시작했다. 본능이 이렇게 무섭다는 것을 느끼며 또 하나의 영감을 받는다. 기름기 없는 생선인 대구와 기름 많은 초리조의 조화는 요리사인 나도 충분히 자극받을 만한 멋진 조화였던 것이다.

만찬을 끝내고 호텔로 돌아가는 길에 밤하늘을 올려다본다. 유난히 깨끗하고 별이 반짝인다. 밤하늘의 별들도 나도 비로소 모든 일정을 끝내고 안도의 순간을 맞이한 것이다.

서프&터프, 고기와 해산물의 조화

초리조 오일로 조리한 노르웨이산 고등어와
부드럽게 조리한 겨울 채소

Seared Norwegian Mackerel Cooked in Chorizo Oil, Soften Winter Vegetable.
'Surf And Turf'

노르웨이 고등어는 가장 기름기가 많은 가을 시즌에 어획된다. 가을 고등어는 고소하고 기름기
가 있어 부드럽다. 초리조는 돼지고기와 파프리카 파우더를 혼합하여 반건조시킨 발효 햄이다.
초리조는 팬에 구웠을 때 빨간 기름이 나오는데 굉장히 풍미가 좋고 감칠맛이 돈다. 고등어와
초리조의 결합, 바다의 기름과 육지의 기름이 섞여 만들어낸 최상의 조합을 만들어 본다. 메인
코스로 고기 요리와 해산물 요리가 같이 나오는 것을 서프 앤 터프라고 하는데, 서로 보완하면
서 조화를 만들어내기 좋은 조리법이다.

1. 프라이팬을 달군 뒤 초리조를 주사위 모양으로 자르고 잘 볶아내면 빨간 기름이 나온다.
2. 잘 손질된 고등어에 소금 간을 한 후 황갈색으로 변할 때까지 껍질은 바삭하게, 속은 촉촉하
게 익혀낸다.
3. 고등어 조리가 끝나면 팬에 남은 기름으로 겨울 배추와 심초, 무, 우엉, 마늘 등을 넣고 소금
과 후추 간을 한다. 거기에 약간의 치킨 육수 또는 물을 넣고 끓여준 뒤 기호에 따라 허브, 버터
를 넣고 윤기가 나게 졸인다.
겨울 채소는 단맛이 강하고 영양소가 풍부해 어떠한 조리법을 쓰더라도 맛이 있다. 올레순에서
영감을 얻어 만든 서프 앤 터프, 생선과 초리조의 조화를 잊을 수 없다.

여섯 번째 맛보기:

요리사의 추억, 스타방에르

2013년 3월 아버지가 돌아가셨다.

삼십 대 초반의 애송이 셰프는 존경하던 아버지를 잃은 상실감 때문에 얼마 동안 절망 가득한 날들을 보냈다. 그러던 중 그해 6월 트롬쇠 공항에서 처음 헨릭 엔더슨을 만났다.

아버지와 함께했던 유년의 추억은 대부분 바다였다. 바다와 인연이 깊었던 나는 노르웨이 수산물 위원회 관련 일이 아버지가 하늘에서 도와주시는 것이라고 생각했다. 처음 노르웨이 수산물 위원회(NSC:

Norwegian Seafood Council) 일을 시작하면서 낯선 사람들을 만나면서도 마음은 여전히 슬프고 아팠다. 창밖으로 내리는 눈은 더욱더 내 서글픈 감정을 끌어올렸다.

오랜 시간 비행기와 차를 번갈아 타며 칠흑같이 어두운 곳의 작은 영국식 코티지에 도착해 바로 잠이 들었다. 다음날 6시에 일어나 간단하게 곡물 빵과 브라운 버터, 우유로 아침을 해결하고 다시 오랜 시간 버스를 타고 도착한 곳이 노르웨이 남부 도시 스타방에르였다.

노르웨이 방문은 처음이었다. 스타방에르라는 이름도 생소했다. 이곳에서의 일정은 대부분 노르웨이의 해산물을 먹는 것으로 짜였다. 스타방에르는 공업도시의 느낌이 강했고 큰 배들도 많았다. 근래에는 유전 개발로 인해 가장 잘사는 도시가 되었다고 한다. 도시는 활발해 보였고 새로운 건물이 만들어지고 있었다. 나는 수산물협회 사람들과 많은 얘기를 나누며 노르웨이라는 나라와 수산물에 대해 하나씩 배워나갔다.

요리에 관한 테크닉에만 집중하던 시기에서 식재료의 중요성을 알아가기 시작할 무렵이었던 것 같다. 헨릭은 노르웨이의 모든 것을 지금껏 내게 알려주고 있다. 물론, 나의 노르웨이 사랑은 노르웨이 식재료를 통해 여태껏 이어지고 있다. 하나의 요리 안에는 원재료의 순수함과 셰프의

스킬이 담겨 있다. 그것이 조화를 이룰 때 완성도 높은 요리가 나온다.

노르웨이의 물가는 상상 이상이다. 스타방에르의 가장 큰 스시집에서 배불리 스시를 먹었는데, 그때 노르웨이 물가를 피부로 느낄 수 있었다. 물론, 노르웨이 수산물을 한눈에 익히기도 했지만. 빅맥지수(맥도날드 빅맥 가격을 기준으로 그 나라 물가수준을 가늠하는 경제지표)가 가장 높은 나라가 노르웨이라고 했다. 물가가 비싸기 때문에 노르웨이에 한 번 갔다 오면 홍콩을 세 번 갔다 온 것만큼 경제적 타격이 있었다. 가장 물가가 비싼 나라의 가장 부유한 도시가 스타방에르였다.

도시 구석구석은 다른 곳과 다를 바 없이 상점과 회사들로 가득했다. 골목마다 노르딕 스타일의 가구로 인테리어를 한 상점이 있어 들어가 보면 대부분의 인테리어와 라이프 스타일이 심플하면서 돋보였다. 심플함이 주는 집중의 힘이 보이는 것 같았다. 좋은 식재료를 보는 안목과 경험을 살린 내 요리의 표현력은 실용성과 자연 친화를 강조하는 노르딕 요리 스타일에서 영향을 받은 것 같다.

일본에서 5년, 호주에서 1년, 영국에서의 2년은 결코 짧지 않은 요리 수행 여정이었다. 군대를 제대한 20대 초반의 청년은 30대가 되어 집으로 돌아왔다. 그사이 많은 것이 변했다. 오랜 타지 생활로 대도시에 대한 피로감이 컸지만 매년 떠나는 노르웨이 여행을 통해 새로운 영감을 얻는 것은 물론이려니와 매너리즘을 극복할 수도 있었다. 고마운 일이다. 나는 노르웨이라는 나라를 통해 흰 눈처럼 깨끗하게, 차가운 바다처럼 냉정하게, 우거진 협곡처럼 대범하게, 오로라처럼 신비롭게 내 삶을 밀고 갈 수 있는 힘을 얻었다.

스타방에르는 다른 지방에 비해 산업화가 진척된 도시이다. 슈퍼마켓과 술집들이 즐비하고 늦은 시간에도 거리마다 젊은이들이 많이 보인다. 그래도 서울과 비교하면 한적하다고 할 수 있다. 서울보다 시간이 천천히 흘러가는 것만은 확실하다.

스타방에르에서 노르웨이에 대해 많은 것을 배웠다. 나 또한 그곳에서 많은 사유를 했었다. 처음 노르웨이를 방문했던 시기이기도 했지만, 이때까지만 해도 스타방에르라고 해서 유럽의 대도시와 크게 다를 바는 없다고 느꼈다.

예나(Renaa-Matbaren)라는 이 지역 대표 파인 다이닝에서 저녁 만찬을 즐긴 적이 있다. 한 디쉬에 하나씩 매칭되는 와인과 수준급 요리는 나의 미각과 관심을 사기에 충분했다. 통째로 보이는 오픈 주방은 스타방에르의 자부심을 표현하는 듯하였다. 경험했던 사비 스시와 예나

레스토랑은 이 지역 최고 레스토랑 상을 받았고, 지역뿐만 아니라 세계적 수준의 레스토랑으로 자리매김하고 있다. 스타방에르에서 원유가 발견되고 노르웨이의 경제가 성장하게 된 것처럼 이곳에 머무는 동안 나의 영혼도 성장했다. 걱정과 슬픔으로 가득 찬 감정을 잠시 잊어버리고 새로운 영감과 에너지를 얻을 수 있었다.

앞일에 대한 불안감과 홀로서기에 대한 두려움은 불가피한 인생의 패턴이다. 과정은 고통스럽지만 좋은 결과로 인해 그 고통이 치유되는 일상의 반복이 삶인 것이다.

팬 프라이한 노르웨이 가리비,
스위트콘 샐러드, 스위트콘 퓌레

Seared Norwegian Scallop, Sweetcorn Salad, Sweetcorn Puree

여름이 되면 날씨가 더워지고 수온이 올라가 해산물의 선도가 떨어진다. 노르웨이 가리비는 다이버들이 차가운 바다에 들어가 직접 잡아 올린다. 맛이 달고 육즙이 가득하며 크기가 커서 세계적으로 유명하다. 굽거나 찌거나 튀기거나 어떠한 조리법을 택하더라도 맛이 좋은 귀한 식재료이다. 노르웨이 가리비는 우리나라에서 쓸 수 없지만 언젠가는 한국에서도 먹을 수 있을 것이다. 여름에도 차가운 바다 맛을 느낄 수 있는 지속 가능한 식재료에 우리나라 제철 식재료로 만든 가니쉬를 곁들여본다.

1. 초당옥수수는 여름에 나는 아주 달콤한 맛이 나는 옥수수이다. 여름에 구할 수 있는 햇양파와 초당옥수수를 잘 볶아내고 타임과 월계수 잎, 우유를 넣고 천천히 끓인다.
2. 절반 정도 졸여지면 믹서에 갈아 고운 체에 걸러준다.
3. 가리비는 버터에 갈색이 날 때까지 앞뒤로 촉촉하게 구워 레스팅을 한다.
4. 쪄낸 초당옥수수를 한 알 한 알 떼어낸 뒤 볶은 베이컨과 햇양파 슬라이스를 올리브 오일, 소금, 파슬리를 넣고 잘 섞어 샐러드를 만든다.
5. 퓌레를 접시에 두르고 구운 관자를 올린 뒤 샐러드를 위에 얹어 마무리한다.

가리비에서 느낄 수 있는 쫄깃한 식감과 육즙, 알알이 터지는 옥수수 샐러드와 달달한 옥수수 퓌레는 스타방에르의 풍족함과 어딘가 모르게 닮아 있는 요리이다.

일곱 번째 맛보기:

오슬로에서의 깨달음

시작은 끝이고, 끝은 곧 시작이라 했던가. 매년 노르웨이 여행은 오슬로에서 시작하여 오슬로에서 끝이 났다. 오슬로는 시작의 기쁨과 끝이라는 걱정이 동시에 느껴지는 곳이었다. 오슬로의 끝은 서울에서의 시작을 의미하기도 했다.

20대 시절 8년 동안 해외 대도시에서 살았던 터라 그 나라를 대표하는 대도시 또는 수도를 좋아하지는 않는다. 오슬로는 서울만큼 크고 바쁘게 돌아가지는 않았지만 지금까지 방문한 다른 유럽 국가에 비하면 작은 편은 아니었다. 유학 생활을 했던 도쿄, 시드니, 런던을 제외하면

오슬로는 가장 자주 와 본 도시였다. 그리고 가장 밀접하게 나의 일에 관련되어 있는 형제의 나라이기도 하다.

매년 방문했던 오슬로는 갈 때마다 모습과 느낌이 달랐다. 북유럽 디자인의 위엄을 보여주는 오페라 하우스는 매번 보아도 경이롭고 아름다웠다. 오다가다 보게 되는 오슬로 중앙역의 호랑이 동상은 내가 어디에 와 있는지 각인시켜주는 장소이기도 했다. 마치 이정표 같은 것인데, 가끔 내 삶의 이정표가 되기도 한다.

3번 정도 들렀을 법한 비겔란 조각공원은 오슬로에서 가장 큰 조각공원인데 인간의 희로애락과 삼라만상을 모두 느낄 수 있는 기괴하면서도 아름다운 곳이었다. 특히 17m의 인간 기둥은 많은 관광객들로 붐비는, 오슬로를 찾는 이라면 누구나 한 번쯤은 가보았을 유명한 포토존이기도 하다. 노르웨이의 대표적인 표현주의 화가 에드바르 뭉크의 '절규'라는 작품을 직접 대면한다. 뭉크의 불행했던 유년 생활과 항상 죽음을 생각했다는 그의 말을 그림으로 느낄 수 있었다. 뭉크의 절규는 어쩌면 살고 싶다는 외침이었는지 모르겠다.

북유럽의 혹독한 추위와 날씨는 미술과 음식에도 영향을 미치는 듯하다. 유럽 남서부처럼 따뜻하고 풍족한 이탈리아, 스페인, 프랑스에 비해

북유럽인 독일과 덴마크, 스칸디나비아반도 같은 나라들은 환경이 척 박하다. 하지만 그곳 사람들은 인간의 한계를 견뎌내며 많은 영감을 얻는 것 같다.

풍족하면 게을러지고 모자라면 부지런해진다. 자연환경은 인간의 생존 본능을 키우는 것은 물론 나라의 색깔을 결정짓는 중요한 요소이다. 약간 어두우면서 냉랭함이 흐르는 노르웨이의 환경은 오슬로와 몇몇 군데를 제외하면 사람보다 물고기들에게 더 알맞은 환경인 것 같다. 환경은 사람을 지배하고 인간은 거기에서 받은 영감을 고스란히 표현한다. 나는 뜨겁고 따뜻한 것보다 차갑고 곤두서 있는 감각의 상태를 좋아한다.

칼 요한스 거리를 걷다 보면 대성당이 있고 노르웨이 국왕이 사는 왕궁도 볼 수 있다. 여름에는 밤 9시가 넘어도 해가 지지 않아 돌아다니기 편한 반면, 시차 적응 때문에 고생을 할 수도 있다. 하지만 하루 종일 걸어다니며 역사적인 장소를 직접 눈으로 확인할 수 있는 건 노르웨이의 여름이 주는 큰 선물이다. 노벨평화상 수상 장소인 시청은 오슬로의 상징이자 가장 중심이 되는 곳이다. 노벨의 유언에 따라 매년 12월 노벨평화상 수상식이 이곳에서 거행된다. 참고로 노벨은 스웨덴 사람이다.

오슬로는 불같은 성격을 가진 나를 차분하고 차갑게 만들었다. 마치

F2
18:30

Dramm

Flytoget - via Lille:
Nationaltheatret,

A   B   C   D   E

Oslo Luft
Gardermoen s
Gardermoen st

18 27

Oslo S,
, Asker

G   H

Jernbaneverket

Spor
Track

3

vn
ion

뜨겁게 달군 쇳덩이를 얼음물에 담가 더 단단하게 만드는 것처럼. 새로운 다짐과 여유 그리고 희망을 생각했다. 죽을 것처럼 힘든 순간, 이곳에서 인생의 멘토 헨릭을 만났다. 아케후르스 요새를 거닐며 한결 차분하고 여유로워진 나를 발견했다. 헨릭과 나는 눈에 보이는 유적과 역사에 관한 이야기를 나누며 걷다가 힘들면 그늘 밑에 들어가 쉬기도 했다. 그리고 허름한 이탈리안 레스토랑에서 프로세코 와인을 마시기도 했다. 배를 타고 강을 건너 바이킹 박물관에 가기도 했는데, 바이킹 배 위에서 잠시 죽음에 대해 생각했다.

헨릭은 덴마크에서 태어나 지금은 노르웨이 사람으로 살아가고 있다. 덴마크와 노르웨이를 끔찍이 사랑하는, 노르웨이 수산물을 대표하는 인물이기도 하다. 그는 북유럽의 역사, 특히 노르웨이라는 나라의 근본과 관련된 모든 것을 내게 알려주었다.

헨릭 덕분에 지금 나는 오슬로를 제외한 노르웨이의 지방을 누구보다 잘 아는 한국인 셰프가 되었다. 헨릭과 나는 엄마가 다른 형제라고 서로를 칭하고 있다. 하지만 나는 헨릭을 다시 태어난 아버지라고 말하고 싶다. 비록 멀리 떨어져 있지만 항상 좋은 일이 있거나 슬픈 일이 있을 때마다 아버지와 헨릭이 떠오른다. 두 분 다 물리적으로 곁에 있지는 않지만 나를 지탱해 주는 가장 큰 버팀목이자 내가 성공해야 할 이유이기도 하다.

나도 언젠가는 멋진 미소와 여유를 지니고 나를 필요로 하는 젊은이들에게 희망적 메시지와 선한 에너지를 주고 싶다. 받기만 했던 사랑을 돌려주고 싶다. 내리사랑을 통해 다음 세대에게 전달하고 싶은 것이다. 두 분 아버지가 내게 그랬던 것처럼.

인간의 욕심을 위해 제한되어 있는 바다 자원을 무분별하게 어획하고 소모한다면 결국 바다 자원은 고갈될 것이다. 무조건 열심히 일하고 뛰어나게 잘해서 많은 손님을 끌어모으기만 하면 성공할 거라는 시대착오적 발상은 나를 지치게 만든다.

노르웨이 젊은 어부들의 모습 속에 바다 자원의 미래가 담겨 있다는 것을 40대가 다 되어서야 알게 되었다. 바닷가 시골에서 멋진 롤스로이스 배를 타고 즐겁게 일하면서도 최소한의 것만 취하는 그들을 보면서 '쿼터제'의 중요성을 인지하게 되었다. 수많은 이론가들의 논리적인 브리핑을 보고 들어도 전혀 와 닿지 않았던 것을 바다에서 생활하는 노르웨이 사람들을 통해 느끼게 된 것이다. 그들은 즐겁게 바다에 나가 생선을 잡으며 일하다가 금어기 때는 그물을 드리우지 않는다. 생선이 자랄 때까지 기다릴 줄 아는 것이다. 쉬면서 재충전을 하며 바다를 풀어 놓는다. 서울에서는 불가능한 일이다.

나도 안식년을 가질 때가 된 것 같다. 무분별하게 밤낮없이 체력을 소모하며 삶이 방전될 때까지 무언가를 만들어 낸다. 이젠 내 인생에도 쿼터제가 필요하다는 것을 느낀다. 세상살이가 다 그렇다지만, 일과 관계 때문에 무분별하게 사람들을 만나다 보면 쉽게 지치고 아프기 마련이다. 인간관계의 특별함이 사라졌다.

많은 양의 결과물보다 적더라도 나만이 보여줄 수 있는 무언가를 만들어 내고 싶다. 그 꿈을 이루고 또한 지키기 위해 노력할 것이다. 그것이야말로 내가 일주일간의 노르웨이 여행을 통해 배운 가치이다.

너 나 할 것 없이 하루하루 고민하고 인내하며 바쁜 스케줄의 덫에 걸려서 기계처럼 살며 술로 스트레스를 푼다. 그러나 즐거움은 그때뿐이다. 나는 하룻밤의 즐거움보다 인생 끝까지 즐길 수 있는 기쁨을 지니고 싶다. 오슬로와 노르웨이, 헨릭과 아버지, 바다와 요리와 같은 기쁨을 말이다.

수비드 한 노르웨이 연어, 그린 허브 리조또, 아스파라거스, 그린 허브 소스

Sous-vide Norwegian Salmon, Green herb Risotto, Asparagus, Green Herb Sauce

노르웨이 하면 가장 먼저 떠오르는 식재료는 연어다. 연어는 튀기거나 굽거나 생으로 먹어도 맛있다. 다른 생선에 비해 부드럽고 기름기가 많아 요리하기도 쉽다. 쉽고 간편하게 구할 수 있는 식재료인 만큼 소스와 곁들인 요리를 준비했다. 연어의 부드러운 질감과 풍미를 살려내기 위해 수비드 조리법을 사용했다.

1. 먼저 연어 부위 중에서 가장 많이 쓰이는 중간 부분인 로인을 올리브 오일, 마늘, 타임, 소금을 넣고 진공 팩에 진공을 한다.
2. 수비드 기계를 42°C로 설정한 뒤 1시간 이상 담가 놓는다. 생선 단백질을 익힐 수 있는 최적의 온도는 40°C인데 낮은 온도에서 진공 상태로 조리를 하면 최대한 수분을 가둘 수 있기에 부드럽고 촉촉한 식감과 향을 얻을 수 있다.
3. 보리를 물에 담가 부드러워질 때까지 불린다. 버터를 넣고 얇게 썬 양파와 마늘을 볶다가 불린 보리를 넣고 소금, 후추 간을 한다. 소리가 나게 잘 볶아주다가 치킨 육수를 넣고 익을 때까지 끓여준다.
4. 마지막에 된장을 약간 넣고 간을 맞춘다.
5. 다진 아스파라거스를 넣고 뚜껑을 덮어 아스파라거스를 익혀준다. 쑥과 파슬리를 1:1로 잎만

준비한 뒤 끓는 물에 살짝 데쳐 얼음물에 담가 물기를 제거한다.

6. 마늘과 식초, 포도씨유와 잣을 믹서에 넣어 곱게 갈아준 뒤 소금 간을 하면 초록색의 그린 허브 퓌레를 만들 수 있다. 그린 허브 퓌레를 완성된 리조또에 넣고 잘 섞어주면 초록색의 그린 허브 리조또가 완성된다.

7. 그린 허브 퓌레를 사워크림에 잘 섞은 뒤 연두색의 새콤한 그린 허브 소스를 수비드 한 연어 위에 덮어준다. 이어서 딜과 처빌(허브), 슬라이스 한 아스파라거스 샐러드를 그 위에 올린다.

8. 접시 위에 리조또와 생선을 올린 뒤 디쉬를 완성한다.